KB176356

# 참 우습지 커피 한 잔이 생각난다는 건

박현애 시집

아람문학시선 · 8

# 참 우습지 커피 한 잔이 생각난다는 건

박 현 애 시집

아람문학사

## 시인의 말~~~~~~~~~~~~~~~~~~~~~~~~~~~~~~~~~~~~~~~

어느 날 조용히 시의 언어가 내 몸에 스며들었듯
겨우내 웅크렸던 몸이 기지개를 켜며 봄을 맞는다.
살아온 생을 글로 표현하고 싶었다.
사물에 대한 느낌을 아름다운 언어로 그리고 싶었다.
그러다 시를 놓을까, 망설이기도 했다.
갈등을 반복하면서도 끝내 놓을 수 없음은
채워지지 않은 목마름이다.
꽉 조였던 옷고름을 풀고 봄 마중을 나가려한다.
들로 산으로 쌍둥이 손주의 손을 잡고
움트는 언어를 캐어 바구니에 담아야겠다.

아람문학의 발행인이면서 내 글에 조언을 아끼지 않으셨
던 권영금 회장님께 감사의 마음을 전한다. 아울러 곁에서
묵묵히 지켜보며 격려해준 인생의 동반자 남편에게 큰 고마
움을 전한다.

2016년 봄

**박현애**

# 차례

## 제1부 안개꽃

# 차례

## 제 2부 빗속의 화초

## 제3부 참 우습지 커피 한 잔이 생각난다는 건

# 차례

## 제4부 갤러리 카페에서

제 1 부  안개꽃

# 동백나무 숲에서

노을이 진다
건너편 솔 섬에도 해가 떨어진다

앉아있는 이곳이 저세상은 아닐까
더 깊은 곳으로 빠져 들 즈음
한 점 생으로 기억될 날,
사위어가는 빛 속에서 꽃처럼 피어
지상에 남기를 원한다
그러나 떠나는 순간도 생의 몫이니
물속에 섞여 흐른다

물비늘 일렁이는 바닷길
긴 여정을 끝낸 하루,
동백꽃처럼 붉다
밤새 뒤척일 그 숲이 궁금하다.

# 꽃냄새가 난다

닿지 않는 창 너머
핀 자리 거두느라 놓아버린
꽃가지 바라보다
끓던 찌개가 넘쳤다

내 나이쯤 아프기 시작했던
엄마의 손때 묻은 숟가락
냄비를 젓던 숟가락에서 꽃 냄새가 난다

터널 끝에서 돌아와 바라본 목련
후드득 비 내리자
이별을 준비하고 있다

속살 다 보여주며 매달린
꽃잎 몇 장,
깊어진 낯빛에서
여전히 꽃 냄새가 난다.

# 음악을 듣는 동안

바흐의 아리아가 바람결에 찾아와
젖은 손 털고 앉으니 창 밖 푸른 숲에서
이제 막 강을 건넌 시인의 발자국소리 들린다
한 뼘쯤 걷어 올린 옷소매
물방울 튀어 흐릿했던 무늬
날개 단 듯 허공을 날다
긴 이야기 속으로 끌고 간다
별이 내리고 꽃이 지고 바람이 지나는 길목
꿈같은 풍경 구부러진 등 뒤에서 화안하게 웃고 있다

언어의 부재 속에 자리 잡은 멜로디
수선화 핀 언덕을 오르다
옛사람의 그림자를 본다

연주가 끝나자 늙음이 다시 일어나 쉰 목소리를 낸다
하얀 종이 위에 옮기다 만 음표가 어지럽다
버려둔 글이 건반 위에서 떠나지 못하고 있다.

# 안개꽃

재즈싱어 나윤선의 안개꽃 귀에 꽂고
빈 화병 챙기는데
꽃문양 치마 입은 기상캐스터
안개 속에서 이른 꽃소식을 전하고 있다

헹구다 만 화병 밀어 놓고
바라본 자욱한 길
남과 북의 경계점에 하얗게 부서진 봄
한 다발 꽃으로 서있기도 버거웠나 보다

어느 날 병실 문을 열었던 위로의 꽃
꽃물 되어 번지는데

한 송이도 채우지 못한 화병,
덩그러니
물만 먹고 있다.

# 선운사의 동백

붉은 동백은 없었다
먼 거리가 원망스러웠다

쉽게 잊혀 질 사랑은 아니었다
먼발치에서 바라본
주르르 흘린 눈물
죽은 꽃은 아니었다

뿌리내린 자리 돋아난 잎
마주보는 눈길이 낯설지 않았다

빛나던 순간
그 기억만으로도
견딜 수 있으니
까닭 없이 아파도
기다릴 수 있으니
짧은 글로 남겨두지 말자.

# 그저 봄이 오는 줄 알고

파르르한 나무가 몸을 데우는 사이
무심한 햇빛 저 멀리
하얗게 일어나는 생의 음표
하늘을 날다 날카로운 얼음조각에 부딪혀
앓는 소리를 내네

펄럭이는 고요에 들려온 지인의 죽음
강력한 한파가 올 것임을 예고했지만
창문 틈새만 막고 들어앉아
꽃무늬만 세고 있었네
휘청거리는 바람에 쓰러질 줄 모르고
커튼만 내리고 있었네

그저 봄이 오는 줄 알고
마른가지만 보고 있었네.

# 하루의 끝에서

가로등 불빛 아래
붉은 장미 처연해
걸어둔 마음 거두는데
하늘 저편 둥근 달이
머리 위에 와있다

길가 주점 테이블에선 술잔이 돌아가고
감겨오는 생각에 책방 문 두드리지만
어둠에 사라져버린 문장들
24시 편의점 간판만 흔들리고 있다

맨 위층에 멈춰선 엘리베이터
끝없이 끌어내려 다시 오르는데
쌍둥이 손주의 맑은 눈망울이 뒤를 따른다
가족이란 이름으로 종일 사랑하다
약속하듯 헤어진 시간

달밤이었다가
흩어지는 구름이었다가.

# 푸른 새벽

어느 세월쯤에서 만날지 모를
푸른 새벽
물음표 하나 짊어지고 향일 암에 올랐다
수면위로 떠오른 깨달음이
너울대는 파도를 타고
절벽아래서 철썩인다

나는 서서히 물속으로 들어가
새벽을 만지고 있다
전율도 황홀도 아닌
차오르는 어떤 것들로 인해
아침이 오기 전
캐내야하는 심정으로
숨죽이며 헤엄쳐간다

미끄러지듯 빠져나간 출항의 흰 포말을 따라
지그시 눌려있던 고요가

뱃머리에서 출렁인다

새벽 물살 헤치며 한 생이 흘러가고

한 뼘쯤 자란 영혼들은 긴긴 여행을 하고 있다.

# 햇살 고운 날

봄을 만나러 춘천에 간다
길 위에서 한나절
오라는 사람도 기다릴 사람도 없는데
이게 무슨 연민이지,

먼저 가고 늦게 간들
여전히 산은 푸르고
강은 유유한데
생의 흐름이 더디다고
추월에 과속이다

저 위 청평사가 있다는데
돌아갈 시간은 임박하고
미련 남아 더딘 발길
다시 온다는 약속
지킬 수 있을지 몰라

분분한 꽃잎만
허공 속에 날리고.

# 장미

버리지 못한 그리움이
하나의 풍경 속에서
만개한 꽃처럼 부풀어 오른다

축제의 장 한가운데
아직 눈뜨지 못한 장미
이 또한 청춘의 꽃이니
못다 피어도
삶의 한 페이지일 뿐
정갈한 향기는 여전한데
저 멀리 시계탑에서
어둠을 긁고 있다

부르튼 발바닥에 붙어온
꽃잎 떼어내는데

섧
다.

# 아버지의 시계

죽은 후에도 온화한 모습으로

가만히 찾아와 잠 속에 끼어든다

보여주지 않으려 애쓰던 뒷모습

남대문 시계방 골목 어딘가에

태엽 풀린 시간들이 석양을 향해 누워있을게다

낯선 정거장을 몇 번이나 지나

먼 곳을 갔을까

그 후에도 문득 생각나

목련이 눈뜨는 계절이 오면

환한 웃음으로 반겨주시던 사진 속의

아버지를 만나러간다

내 몸에 어리는 햇살의 증표

봄눈처럼 살포시 와서

어깨만 적시고 가버린 시간

오래된 사진첩 속에서

째깍 째깍 돌아가고 있다.

# 기다림

생각의 도구만 챙겨 나선 길
초록으로 버무린 미끼도 없이
목련나무를 올려다보고
개나리 곁에 서보기도 하고
일부러 어깨를 스쳐보지만
쉽게 겉옷을 벗지 않는 수줍음
툭 건드리고 싶은 마음 간절해
기다려도,
묵상의 시간 짧아
낚싯대만 드리우고 있다

봄을 건너기 위해 강가를 찾았으나
안개가 짙어
가만히 줄만 놓아두고 돌아선다

몇 마디 받아 적던 문장도
놓아두고.

# 사랑니

연분홍 나이에
홀연히 찾아온 불씨 하나
흰 연기로 사라져 가네

안쪽 깊숙이 모르게 키워온 사랑 하나
속을 열어보니 곪아 있었네

움푹 패인 자리
그렇게 깊이 사랑한 줄 몰랐네
언젠가 떠난다는 것을
사랑이라 이름 붙여진 모든 것들의 쓸쓸한 임종

하얗게 일어선 나무들은
봄의 고백을 기다리는데
먼 산은 눈꽃만 보고
내 허리는 낮아 빈 가지만 쳐다보네

연분홍 나이에 흘렸던 눈물
뽑혀진 다음에야 알겠네.

# 입춘

꽃 진 자리 돌아보다
사뿐히 디딘 법당 안
오래 비워둔 가슴 한켠
목탁소리 찡하다

잃어버린 것과 사라진 것의 아쉬움
미래에 대한 두려움과 기대
초연함을 가장한 내 안의 봄이
허물어지지 않은 채
삐죽 올라오는 것을

밖엔 흙먼지 일고
겨울을 통과하는 의식은 길어지는데
가지하나 꺾어 들이고 싶은.

# 그저 바라보았을 뿐인데

한나절 즐기다 갈 햇살에
슬쩍 생각을 올려놓고
지나온 길을 되짚어보는데
다스리지 못한 미열이
끝내 얕은 기침으로 목젖을 간질인다
가지 끝에 봄이 앉고
삭히지 못한 사연들이 또 하나의 무덤을 만드는 사이
이순의 봄을 맞는다
다급하게 갈아입은 옷
부록 같은 삶에
말갛게 세수하고 거울을 본다

그저 바라보았을 뿐인데
왈칵 노을이 안긴다.

# 사 랑

꿈꾸지 않으려 창을 닫는데
목련나무가 불러 세운다
너와 나 눈 맞춘 지 십여 년
활짝 문 열고 본 것은 잠깐
순간 지나가는 봄빛이려니

시선 거두려 해도
창 밖에 네가 있어
줄선 봄들 제치고
우리는 여전히 사랑하지

조금씩 간격을 좁혀볼까 하다가
작은 창으로 보이는 네가 은밀해서

말없이 가버려도
봄빛이려니.

# 걸으며 생각하며

바람이 잦아든 오후
쌓여가는 햇빛에 발을 담그고
생각에 잠긴다

산수유 진달래 깨우고
솔숲을 지나
우람한 고목 앞에 섰다
벌거벗은 몸에 머리만 자라
그것도 꽃이라고
그럼에도
긴 시간 발목을 잡는다

짐짓 모른 척 걷다
다시 돌아본다

하늘 향해 피워 올린 꽃
그의 희미한 미소를.

# 꽃1

돌바람 산바람 휘휘 돌며
피고 지는
사람들은 그 이름을
꽃이라 했다

여린 모습으로 태어나 떠날 때도
꽃이라 했다

문득 안부가 그리운 날
포개진 잎을 펴며
존재만으로도 애틋해

사람들은 그 이름을
꽃이라 했다.

# 꽃2

'어머니 저 왔어요'
미소를 띠며 들어서는 새아가
어느 날 살며시 빗장 열더니
문지방 안으로 들어와
갖가지 꽃을 피우더라
짧은 시간에 서로를 알면 얼마나 알랴
그러나 늙은 눈에 비친 너는 참 예쁘구나
뭔가 해주고 싶어 행복한 고민에 빠지곤 하지
우리는 흔히 말하는 어려운 고부관계
네가 나에게 스며들듯이
나도 너에게 스며들어
같은 꽃술에서 꽃 피우고 싶구나
그러다 더 늙어 할미꽃 되면
붉은 장미 울타리로 감싸 주렴
구부러진 허리로 하하 호호 웃다가
그 안에서 잠들고 싶구나.

# 봄

담장너머 늘어진 가지
세월 저 쪽에 무엇이 있을까

인사동 거리에서 손거울을 만졌을 뿐인데
슬그머니 다가와 비추라 한다
두어 발짝 물러나 거울을 보니
기다림의 모습인 듯
목을 길게 뺀 여인
화가의 작품이라 했던가

허기진 배 채우고파
현란한 빛에 끌려 다니다
굳게 닫힌 빗장 열고
노을 속 걸으니
기와지붕 아래
작은 내가 거기 있더라

오래전 봄이 거기 있더라.

# 날개

한때는 너무 가벼워
높이 나는 새도 부럽지 않았는데
세월 쌓이니 그 무게 만만치 않아
내려놓을 곳 없어
수술대에 오르는 오랜 친구

재산은 모였다만
수십 년 따라다닌 통증
숭숭 뚫린 구멍에 녹슨 뼈
병실 밖
먼 하늘만 쫓고 있다

내 어깨를 감싼
봄날 언덕 저쪽에
새 한 마리 파닥이고 있다.

## 2월의 변주곡

몇 방울의 비가 지나간 자리
축축한 대지 위에 하얀 잔설
군데군데 패인 채로 안간힘을 쓰고 있다
새로운 길이 열리는 걸 모르지 않을 텐데
다 지워지는 것은 싫은가 보다
서투른 화장 보일까
안개가 짙다

선 잠 깬 얼굴에 립스틱 바르고
젖은 창에 기대어본다
차갑다

맨살에 나목
이른 빛에 몸 터는데
한동안 맺은 인연 그리 쉽게 보내기에는,
가벼운 바람에도 흔들리는 음이
알 듯 모를 듯 튕겨온다.

# 봄을 찾아
### - 청송 주산지에서

재를 넘는 동안 바람은 계속 따라왔다
틔워 온 싹 가슴 언저리에서 봉곳한데
깊은 어둠에 갇힌 저수지는
태양을 등지고 바람의 행적만 쫓고 있다
물그림자에 취해 웃었던 날은 간데없고
흔들리는 햇살만 난간 위에서 파르르하다

무릎 꿇고 귀 열자
살얼음 깨지는 소리
물밑 저 안
제 이름 불러도
더는 대답이 없다
이미 온몸은 봄이었으니
봉곳한 가슴 풀지 못해도.

# 사과나무

청송 가는 길
사과나무가 있다고 했다
칭칭 감은 목덜미로
스멀거리는 추억 몇 개
갓 스물이 됐을 무렵
집안의 몰락과 함께
환한 절망을 곱씹던 한때
어쩌면 아흔 아홉 칸 한옥에서
기품 있게 살았을지도 모를,
허기진 몰골로 떠나야했던,

그래도 꽃 피우고 싶어
사과나무 심었더니
발그레 속살 내밀며
청송 가잔다
마음 안에서 자라는 줄 모르고
잘라버린 세월

오래된 바람 거두고

아람문학의 산실인 청송 가잔다.

# 봄은 어디쯤에

조간신문 뒤적거리다
오늘의 운세를 읽고
부추기는 행운의 말에
한바탕 햇빛과 뒹굴어볼까, 눈 깜빡이다가
반복해서 듣던 CD 걸어놓고
포트에 물을 끓인다
여리고 떫은 차 맛이 좋아
거푸 두 잔을 마시고
햇빛이 낸 길을 물끄러미 바라본다
영하 13도
새소리를 내는 문자알림에
눈과 귀가 쫑긋하다
할인권 행사에 또 할인
사용하지 않은 쿠폰에 선물증정
간격을 두고 울리는 파랑새 메시지
아침운동 끝내고 들어오는 남편
'아 춥다 추워'

자글자글 피어날 외출은 뒤로
새소리는 몇 번을 더 울리다 멈췄다.

# 베일 속의 봄

눈꽃 사라지고
칩거에 들어갔던 노인
빵 집 문을 열고 들어선다

눈이 잘 보이지 않으세요?
지켜보던 주인의 말에도 아랑곳없이
미동 없는 표정, 갈 곳 잃은 시선
걸치고 갈 수의(壽衣)몫은 아닌지
쪼그라든 손으로 지폐 한 장 꺼낸다

졸음이 오기 전 더듬어 찾아온 길
환한 절망이 그 앞에서 웃고 있다
블루베일의 시간은 다가오는데

봄을 만날 것 같아
옷깃 여미고.

* 블루베일의 시간 (죽음의 시간)

# 환승역에서

나른한 상념이 꼬리를 물고 늘어졌다
안내방송이 몇 번 들렸다
통과하는 역을 무심히 바라보면서도
머릿속에 입력된 2호선은 불변의 법칙처럼
변하지 않아 끝내 일어나기를 거부했다
이미 지나간 후에 후회했다

내려야 할 역을 놓치고
계단을 오르고 내리기를 반복했다
약속은 지키지 못했다
기다림의 흔적은 마른 바람이 대신했다
떠도는 바람마저 없었다면
어디쯤 머물렀을까,

푸른 환영 저 멀리
황혼은 깃드는데.

# 모 순

커다란 창 너머엔 익어가는 봄이
연한 커피색을 닮은 것 같기도 하고
부드러운 초콜릿 맛 같기도 하고
손끝으로 수놓은 한 폭의 그림 같기도 하다
덥석 안길 것 같아
한 발짝 물러서며 거리를 둔다

건너편 거리에서 울리는 사이렌 소리
얼룩진 창을 떼어내고 싶은,
그러나 아무 일도 아닌 것처럼
타인의 봄 따위는 멀리 있는 거라고
적당한 거리를 두고.

# 봄을 읽다

저것 좀 봐!
살 속 깊이 박힌 연분홍빛을

빗나간 예보에 투덜거리다
여린 바람 앞세워 빗장 열었더니
지천으로 꽃물 든다

생각해보면 예정된 일에
조바심 내며 기다린 건 아닌지,
때 이르다고 늦다고
황급히 접었다 폈다
주름만 느는데

뒤쫓는 이 없는 봄은
벙그레 느긋하다
한 올씩 늘어가는 흰 머리는
아랑곳없이.

# 나무 위의 집

절룩거리는 햇살이 먼 길을
떠났다 다시 돌아온 한낮의 공원
간간이 쪼이는 볕에
사람들이 새들이 앉았다
수양버들은 늘어진 하품을 하고
구름 섞인 이야기가 퍼져갈 때
새들은 나무위에 집을 지었다
까마득히 높은 곳
낮은 풍경에 가려 한동안 숲을 보지 못했다
비상을 꿈꾸던 꽃잎은
잠 속으로 빠져들고
나무 위 푸른 집엔
몸 비비는 소리.

# 여의 나루에서

벚꽃에게 다녀왔다
유람선 한 척이 봄을 싣고
달큰한 이야기를 퍼 나르는 사이
대교 위에 올라가
오랜 행복을 건져 올렸다
태어나 한 번도 떠난 적 없는
내 생애 이십여 년
빠른 변화에 대처할 틈도 없이
세월의 화폭에 그리다 만 '한강'

오늘따라 강물은 뒤척임도 없어
먼 곳까지 가지 않아도
그리움의 알갱이들이 팝콘처럼 터져
벚꽃에게 날아가 앉는다

모두가 다 이유 있는 걸음으로
환한 꽃길에 나와

빛바랜 기억을 되살리고
손끝에 닿는 아련함에
젖어드는 건 아닌지.

# 착한 낙지

꿈틀거리는 낙지
입천장에 달라붙어 애쓰는 순간
탱탱한 살점 하나 목으로 넘어간다
낙지의 고행은 끝났다
시도 때도 없이 착한낙지를 찾아오는 방문객
얼마나 착한지 눈으로 입으로 점수를 매긴다
네 사람이 앉자 누군가 속삭인다
'4인분 보다 3인분을 주문하는 게 더 착하게 나와'
주방에선 이미 계산된 접시가 준비되어 있는데
착하지 않은 사람들 입속에서
착하게 죽어가고 있다.

# 봄바람

예배 중 말씀의 시간
마음은 창 밖 풍경에 가있다
며칠사이 노랗게 핀 산수유 개나리
왠지 이탈하고 싶어

내가 핸들을 잡았다면
어디로 갔을지 몰라
아들 차에 동승한 터라
점잖은 척 내숭 떨었지

아내가 임신 중인 아들은
태교에 좋다는 모차르트 음악을 들으며
무슨 생각 했을까

방지 턱에 걸려 출렁
'애야 정신 차리자'
봄에 걸려 넘어지겠다.

제**2**부　　빗속의 화초

# 詩, 수련 피듯

잎 새에 스며있는 단내가
훅 – 이어지는 하루
자정을 지난 새벽
참 맑고 깊다

인적 끊긴 거리
자동차의 불빛이 떠다니고
외등 아래서 졸고 있는 어제의 상흔들
여린 바람에 흔들려 잠깐씩 인기척을 낼 뿐
더 없이 고요하다

시간에 밀려 주춤한 사이
선명해지는 사물
가벼운 꽃들의 인사를 뒤로하고
깊은 숨결 내쉬는 못가의 수련을 굽어본다

무언의 메시지에 힘입어

그럭저럭 연명한 문장들

맑은 새벽
오래 머물기를 기대하지만
무릎 꿇은 사이
활짝 피어버린.

# 저 산 너머로 왔지


- 아가들아 하늘이 예쁘지
- 저 산 좀 봐, 가을 산이 참 아름답네

14층 아파트 쌍둥이 손자가 산다

흰 꽃을 꽂은 하늘과 멀리 보이는 북한산 자락

품에 안고 어르며 바깥세상을 구경시킨다

전망이 좋아 덜컥 얻어준 신혼 집
그 공간에 피어나는 꽃구름을 보며

저 산 너머엔 무엇이 있을까,
- 어머니, 제 친정이 그곳에 있어요

대학로 근처가 친정인 며느리가 불쑥 끼어든다

어쩌면,
서로 다른 생각으로 봐왔을 저 산 너머

온 적 없는 이곳에 둥지를 틀고
오래오래 서있었을 이 창가

그래,
나도 행복 찾아 저 산 너머로.

# 잠자리

어디서 왔는지 뱅뱅 도는 잠자리

마트 앞 공터에는
아무개 이름으로 유명한 옷들이
잠자리날개보다 더 하늘거리며 서있는데
무거운 몸에 걸치기엔 몇 군데 뜯어내고
다시 꿰매는 작업이 필요할 것 같다

더 이상 날 수 없는 저녁
비명도 없이 날아가 누구도 눈여겨보지 않는,

튀어나온 눈알만 굴리고 있다.

# 플라타너스

까만 벌레 하나가
내 시선이 머무는 곳에만
날고 있다
며칠 전 플라타너스 잎에서
묻어온 것일까

그 날, 무성해지는 잎을 한참 보았다
떨어져나간 낭만을 줍기엔
초여름의 긴해도
짧기만 했다

순간 찾아온 날개달린 손님
내 망막에 비친 플라타너스에서
함께 날고 있다.

# 분꽃

저녁이었다
골목 끝에서 한 여인이 걸어오고 있었다
알듯 모를 듯 엷은 미소를 띠며 묻는다
누굴까?
엄마에게 말하지 않았다
예닐곱 살 먹은 계집아이 눈에
예쁜 꽃 같아서
여인의 몸에선 분 냄새가 났다
달싹거리는 입술을 삼키느라
뒤뜰로 갔다
분꽃이 피고 있었다.

# 장마

철쭉꽃 곁에 곱사등이 할머니 배시시 웃고 있었다
한동안 보이지 않더니 이삿짐 차에 몸을 싣고 떠났다

소문은 그랬다
장애가 있는 부자할머니
할아버지 입성까지 거두며 연애하는 거라고 수군댔다
봄날은 갔다
수런거리는 숲을 헤집고 꽃을 찾은들 무엇 하랴

얼굴에 드리운 그리움의 무게
바람에 밀려 찔끔거리다 쏟아질 기세다
이대로 내리다 어느 곳에 멈출지
그곳이 강이었으면 좋겠다
먼 바다로 흘러가게.

# 신록의 길에서

계절을 밟고 오른 암자
큰 바위 뚫고 핀 꽃이 부처인 양
합장하는 불자들
의미를 부여하니 모든 것이 축복이더라

스님이 가꾼다는 녹차 밭
어디에 있느냐 물었더니 뒤뜰 가리키며
들어갈 순 없다 한다
많은 사람이 마시기엔 부족한 잎
찻잔에 우려내니 신록이 한가득이다

문득 한 줌의 밥을 나눠먹으며
기도에 동참하는 히말라야 산 속 작은 나라
가난한 부처들이 생각나
난간에 기대니
설산이 녹아 예까지 왔는가
건너온 다리 아래 흐르는 물
유난히 푸르다.

# 빗속의 화초

키우기 어렵다고 건네받은 화초를
비에게 내어주고 창문을 닫았습니다

얼마의 시간이 지나 창을 열었습니다
붉은 꽃잎을 기대한 건 아니었습니다
그사이 훌쩍 커버린 초록을 기대한 건 아니었습니다

떠도는 이야기에 서러운 눈물이 화분 속까지
흘러들어갔습니다.

가을의 낙엽이 그리워지는 건
파랗게 뒤척이다 잠들고 싶기 때문입니다
가벼운 노크로 일어나고 싶기 때문입니다.

# 여름밤의 꿈

뒤척이다 잠든 사이
장대비는 쏟아졌고
여명이 밝았다
뒤척이다 잠든 사이
꽃망울은 터지고
내리던 비는 그치고

모든 것은 순식간에 일어나
더 이상 끌려가지도 끌고 가지도 못한,

달콤한 환청에 에워싸여
꿈꾸고 싶었던 밤.

# 안녕

손주들이 사는 현관 버튼을 누르자
쪼르르 달려와 안긴다
해가 중천이니 함께 할 시간 많아
짧은 포옹에도 행복하다

어둠이 깊어지기 전
돌아설 뒷모습에 장난감 팽개치고
떼쓰는 아가들

흔드는 손
내일을 기약하지만,
늙은 꽃
밤사이 져버릴지도 모를
그런 생각에
안녕이 길다.

# 먼 길 바라보다 돌아서니

저무는 여름 해는 어느 계절보다 화려하다
선홍빛 너머 구름 헤치고 제집 찾아가는 길
그 먼 곳 바라보다 돌아서니 어둑한 골목
집마다 등이 켜지고 커튼이 드리워지면
하나 둘씩 꺼내보는 한낮의 열기
아직 덜 식어 데일 것 같은 하루가 숨을 고른다
행간마다 알차게 채우고 싶어 머뭇거리길 수십 번
하루의 일상도 그렇게 머뭇거리다
기척도 없이 찾아온 해 그림자에
무거운 나이테 내어주고
또 머뭇머뭇.

# 비 오는 날 커피를 마시며

더 이상 펼쳐질 것 같지 않은 낮은 풍경
빗소리의 음계는 땅에 떨어지는 순간
파장을 일으키며 부서진다
물 위를 지나는 바람도
제 몸 붙잡지 못하고
어느 순간 튕겨 나와 고음으로 갈라진다

잠긴 마음은 뜨거운 커피 잔을 휘젓고
흩어져 있는 것들을 모은다
습기 찬 하늘, 풀어진 잎들
서로에게 가까이 다가가는 시간
젖으며 젖으며 다가가는 시간
한 모금의 커피도 남지 않았다.

# 나무의 기억

여전히 고여 있는 물처럼
기억도 언제나 젖어 있는 줄 안다
물밑을 흐르는 봄처럼 그렇게
떠난 지 오래인데
빈 병을 헹구며 꽃을 찾는다

어디에 무엇을 두었는지
건조한 바람 속을 헤매도록
향기는 돌아오지 않고
무정한 겨울만 탓하더라

누군가 가져간 시간이 공허하고 허망해
커튼을 여는 순간
풍경의 다리를 건넌 기억이
기쁨으로 흘러간다

봄이 묻는다

무슨 생각을 하고 살아?
몇 개의 추억과 그리움만 기억하고 살거야
저 창 밖의 나무처럼.

# 전통찻집에서


투박한 질그릇에 노릇노릇 구워진 가래떡
끊어질 듯 이어지는 해금소리
흰 도포자락 날리며 옛 선비 들어설 것 같은 전통찻집

작은 알전구 아래 늙은 얼굴들이 모여
거꾸로 흐르는 시간에 무늬를 띄우고
한 점 한 점 뜯어먹는 사이
굳어진 세월은 말랑해져
태엽시계 풀어 놓는 전통찻집

사위어가는 빛의 유혹에 거푸 마셔대는 진한 커피
어느 연회에서 갈채 받았을 해금연주는
샌드위치와도 잘 어울려
주소 잃은 명품도 일어날 생각이 없는 듯
청사초롱 불빛에 녹아든 해묵은 이야기는
통나무 의자에서 그네를 타고
구워진 가래떡엔 포크의 손놀림

최초의 흔적은 사라진 전통찻집
낯선 그림자 따라가던 어설픈 늙음이
천천히 출입문 나서는데
우리도 이제 전통이 어울릴 것 같지 않니?
옷깃 끌어당기는 전통찻집.

# 아침단상

저녁인 듯 어스름한 아침
담아야하는 것과 버려야하는 것이 혼돈된,
긴 장마에 푸른 아침을 기대한 것부터 착오였다
눅눅한 일상을 털어내기 위한 작업의 속도가
밀려오는 구름에 자꾸만 뒤쳐진다

하루를 통과하기 위한 충전은
이미 과부하로 중심을 잃어 가는데
덜컹거리는 창은
지나치는 여름을 잡으라 한다

밖엔 비 내리고
7월의 꽃들은 꿈틀거리는데
목마름은 왜 계속 되는지,
길 위를 떠난 순례가 뿌연 안개 같다.

# 제3부 참 우습지
## 커피 한 잔이 생각난다는 건

# 가을의 시

어느새 잎이 떨어져
페이지에 쌓인다

시인의 마을에 당도하기 전에
몇 줄의 글을 채워야할 텐데
침묵 속에 웅크린 숲
여기가 내가 태어난 곳인가

햇살 지난 자리에 돋아난 길
마른 몸들이 부석거리며
갈 채비를 한다

나른한 나이테가
잠시 튕겨 올라
저 붉은 끝물에서
건지고 싶었던…

# 가을

잉크가 말라 글자가 흐릿해질 즈음
조금씩 스며든 파란 물
덮어둔 노트 살짝 열어보니
구름 한 조각 둥실
바람결에 날아온 잎잎

열정도 욕망도 사그라져
거리를 떠도는 옛 샹송만 귀에 꽂고
먼 곳만 바라보다
덜컥 걸려든 시심

한 계절 독방에 갇혀도 좋을,
하염없이 걷다 풀숲에 누워도 좋을,
아 가을!

# 동 행

영화가 끝났다
일어서려는데 펜촉에 찔린 듯
손끝 아려와 그만 눌러 앉았다

긴 통로를 따라
코너를 돌 때까지
무엇인가 연결된 느낌에
걸음을 떼다 서점에 들어섰다

"프린세스 바리"
한동안 '바리'의 인생에서 빠져나오지 못할 것 같다
낙과처럼 비바람에 떨어진 영혼들
따뜻하게 그들과 지내다 보면
말갛게 비워낸 하늘도
더 시리진 않겠다

그 후에도 여전히
기억하면서.

# 입 추

휴일아침 작은 방 창문을 통해
개척교회의 예배소리가 들린다
나의 주를 나의 주를 -
그들의 찬양에 내 마음의 주를 생각하며
한 입 베어 문 복숭아를 삼킨다
얇은 껍질 벗겨내니 살캉살캉한 과육이
유혹 꽤나 했겠다
격앙된 목회자의 설교가 점점 바빠진다
가을이 오기 전에 회개하라고
은혜의 시간에도 발그스름한 속살을
또 한입 베어 물고 네모진 창에 올라앉아
아담과 이브의 형상을 본다
넝쿨진 잎을 헤치며
원죄의 그늘에서 벗어나려하지만
나른한 몸에 떨어지는 잎 한 장
용서와 이해를 구하고 받을 사이도 없이
가을이…

# 가을, 텃밭에서

쉬엄쉬엄 가꾼
누렇게 익은 늙은 호박
팔뚝만큼 자란 늙은 오이
서리 내리기전이라 둥글둥글 여유롭다
늙어도 적당한 때가 있으니
제 맛 잃기 전에 식탁위로 데려간다

단단한 껍질 도려내니 제법 실한 속살
삶고 무치니 여린 맛에 비하랴만
배 안 가득한 씨
품지 않고 해산의 고통 알 수 있으랴

툭
입 벌린 밤송이가 떨어진다

가을
텃밭에 눕는다.

# 가을 밥상

식탁 위에 슬그머니 올라온
들녘의 바람
한 그릇 비워낸 자리
햇살이 배부르다

과함도 덜함도 없는 이 계절
보내고 떠나는 것에
연연하지 않을 너그러움
함께 물들 잎들이 있기 때문이다

소소한 일상에 풍경들이 입혀지고
세월의 뒤태를 넌지시 바라볼 수 있는 건
입 맛 돋우는 시가 있기 때문이다.

# 가을은 우리에게

수목원의 한낮
숲과 숲 사이로 햇살이 길게 눕는다
보풀처럼 일어났다 사그라지는 푸른 먼지
떼어내려 애쓰지 않아도
온전히 가을로 가는 숲

경계를 긋는 일이란 참 쓸쓸하다
깊어지는 것을 일찍 알았다면
촘촘히 박힌 잎잎 사이에 누워
뭉게뭉게 구름이나 피워볼 것을

우리는 안다
가을 앞에 서면
희미해진 향기 끌어안고
어떤 예감에 잠 못 들기도 하면서
지상에서 떠도는 낙엽이 되기도 하는 것을.

# 백담사의 단풍

험하고 외진 길
꽃단풍이 하늘을 덮어
홀로 그렇게 살아도 좋을
어느 해 한 나라의 수장이
비릿한 내음 풍기며 안착한 산사
이따금 존재를 알리며 내밀던 명함
그 뒤를 따르던 수많은 낙엽
계곡을 메운 돌탑에 섞여
가뭇없이 사라질 찰나의 생

산허리를 돌아 구름이 지나간 자리에
내려앉은 단풍
먹먹한 가슴으로 마중하다 글썽인 눈물
아! 백담사여
아득함 너머 무엇이 있을까
붉은 단풍 끝내 흩어지는 날까지
영영 돌아가지 않아도 좋을.

# 풍 경
 - 효석문화제에서


무수한 풍경 가운데
한 작가의 문학을 빛낸
메밀꽃밭을 둘러보는 일이란
추억의 메시지를 그곳에서
줍고 싶은지도 모르는 일이다

아득하고 아득하여
거슬러 올라간들
어디에도 없을 그 시절의 풍경

노란 씨앗이 곳곳에 퍼져
문학의 숲을 이루니
꽃 필 무렵부터
사람들의 기척에서 깨어나
가까이 오는 소리에
옛 향기 한줌 쥐어주고
낮은 바람으로 떠나는.

# 11월

갓 담근 고추장아찌 알맞게 익어가고
들깨 넣은 버섯찌개 보글보글 끓는 저녁
석양이 지나가도 모르겠다
서랍에 가지런히 놓인 우편물
한쪽으로 밀어낸 일정들이 날짜를 세고 있다

어제의 잎들이 가랑잎 되어 구르고
한 무리 새가 먼 곳으로 떠날 즈음
귀 세워 그들의 소리를 들어본다
서로를 보았는지 알 수 없지만
어디론가 향하는 바람에
숨결 고르는 무채색의 하늘

낮은 구름에 순백의 영상이 내려올 듯
옷장 속 머플러에 손이 간다.

# 11월의 비

11월의 비를 듣고 있었다
시원하게 내뿜는 폴 포츠의 비는 귓전을 맴돌 뿐
작은 불씨도 일으키지 못했다
건반에서 튕겨진 비는 물안개 속에서도 피어
많은 잎을 거리로 내몰았다

단조로운 음은 무엇인가 말하려다 멈췄다
비는 여전히 내리고 있다

예견된 시간이 오고 있음을 아는지
찬비에 조용히 눕는 낙엽

흔들리는 창가에서
나는 이 음악을 계속 들을 것이다.

# 참 우습지 커피 한잔이 생각난다는 건

몇 시간 전 나는 살점을 떼어내고 봉합했다

순간 검은 천이 얼굴을 덮자

이것이 죽음이지

가을나무 아래 추억도

풀벌레 우는 밤도 멀어진 영상일 뿐

사무치게 그리운 건 커피 한 잔

참 우습지

겨우 한 모금의 차란 말인가

잠시 왔다 사라진 실루엣

던지고 간 메시지

햇빛 너머에서 날고 있다.

# 어둠 속의 문장들

몇 권의 문학지가 놓여있는 탁자 위
밤이 되자 활자들이 기지개를 켠다
빈 방으로 쫓아내도 다시 노크하는,
힘주어 문고리 잡아도
스르르 열리는 영혼의 그림자
어쩌자고 내 몸에 들어와 속삭이는지
모르는 사람들의 이야기가
어둠 속에서 나를 끌고 다닌다

창에 비친 희미한 가로등
그윽한 빛 아래 느린 바람
생의 저쪽으로 가는 사연들이 사라지지 않고
지난 밤 내내 흘러들어
와르르 쏟아지는 문장 앞에 짧은 호흡이 숨차다.

*모르는 사람들 – 소설, '모르는 여인들'에서

# 낙 엽

노란 죽음의 행렬
언젠가 다가올 모습 같아 발목 근처가 아려온다

설렘의 꽃 지고
푸른 꿈꾸다 쿨럭 거리며 나앉은 거리
벗들의 부름에 훌훌 털고 먼 길을 간다

썩어 어느 나무 밑동 거름 되면
틔우는 새 잎 속에서 환희의 날 맞으리

시린 바람 끝
어둠 저쪽에서 마른 잎 하얗게 일어나고 있다.

# 그림엽서

지구 저편에서 날아온 그림엽서
창세부터 최후의 날까지
한 장의 엽서로 전할 수 있겠냐마는
원죄의 탑 안에 갇혀
수려한 경관만 쫓던 오늘날의 사람들에게
굽어보며 이르는 말씀 같아
궁색한 변명 하려는데
가랑잎 하나 끼어들어
쌓인 죄 털라한다

저무는 길에 샛노란 은행나무
그 곁을 뒹구는 낙엽들
잠언의 구절 생각하며
셔터를 누른다.

*그림엽서 〈바티칸 시스티나 예배당에 천장화〉

# 바 람

미용실에서 머리를 자르고
전문가의 손길이 몇 번 지나가자
살짝 바람기가 동한다
마침 점심시간,
남편에게 콧소리로 바람을 불어넣었다
하품 같은 대답대신 외출을 서두른다

둘 다 바람이 났다
행방이 묘연한 풍경을 찾아
따돌리고 온 일상
알 수 없는 바람기에 가을의 은밀함까지
통나무집 숯 타는 냄새에 울고
몇 점 걸려있는 시 한편에 울고
하늘거리는 코스모스에 울고
바람은 눈만 아프게 했다.

# 추분

서너 달 남짓 됐을까
그 짧은 기간 얼룩진 일들이
잡초처럼 들고 일어났다
하필이면 여름
가만있어도 무성하게 자라는 풀
농사 한번 지어보지 못한 무능함으로
알곡보다 쑥쑥 자라
황금들판 한 귀퉁이에서
버려둔 풀들이 아우성이다
바람에 아프단다
제 몸끼리 부딪히면서 상처가 깊어졌다
그동안 바른 연고만 몇 개
아직 뜯지 않은 새 연고를 들고 풀들 앞에 섰다

티켓 한 장이 풀 섶에서 아른거린다
개봉하지 않은 가을이 파란 스크린으로 날아올라
추분을 알리는데 날 선 풀 하나가

여름의 감촉을 잊지 못해
계절의 몸 밖에서 자라고 있다
밤이 빨리 오는 줄도 모르고.

# 계절의 허무

오늘만큼은 그 숲에 가고 싶지 않았다
얼마 남지 않은 수액을 서로 아끼고 싶었다
들꽃처럼 피었다 가는 지상에서
온 생을 다 덮고도 남을 무수한 잎 가운데
서고 싶지 않았다

환희의 절정이 끝나면
가장 낮은 곳으로 내려와
변방보다 못한 거리로 밀려나올
계절의 허무
그러나 앞장서는 이 없으니
먼저 옷을 입은들 섭섭할 것도 없다
이미 빨라진 속도를 제어할 수 없어
이별을 미룰 수도 없다

향기는 바닥으로 내려오고
그림자는 지붕을 덮고 있다.
길 밖의 웃음은 저토록 찬연한데.

# 밤새 품어 안은 가을

초 침 소리에 깨어난 이른 새벽
희미한 눈썹달만 바라보다 맞은 새날

찰나의 행복이 슬픔인지,
찰나의 슬픔이 아름다움인지,
잠 못 이룬 머리맡에
긁적거린 낙서들이 떨어진
꽃 잎 되어 뒹군다

여명에 빛나는 것은
하늘아래 사람들과
들판에 꽃들과
밤새 품어 안은 가을이다
지천으로 피어나는 사랑에
눈물 나는 가을이다.

# 바람의 언덕에서

돌아보면 먼 길이었을
낙엽들의 이야기가
정처 없이 떠다니다
허수아비 들판을 지나
강을 건너 언덕 위를 배회한다

휘이휘이 부는 바람
비틀거리는 시선
달리던 열차는 총탄에 멈추고
세월 따라 흩어진 삶에도 멍이 들었다

내 부모님 고향도 지척이거늘
살아생전 가슴에 안고 사셨노라
서늘한 가을자락
오래된 잎은 땅 속에 묻히고
빛 고운 단풍은

바스락거리는 아픔을 모르는 채

바람 따라 춤을 춘다.


*바람의 언덕- 임진각 평화누리공원

# 제4부 갤러리 카페에서

# 갤러리 카페에서

간밤 내린 눈에 온 세상 하얗더니
갤러리에 눈꽃나무
침묵만으로도 아름다워
찻잔에 드리운 노란 빛
문득, 꽃잎차를 만들던 산골청년이 생각나
그의 손을 빌려 태어난 차 맛은 아닐까
새처럼 구름처럼 풍경같이 산다고 했지

네모진 틀에서 삶의 모습 튀어나와
가을 속을 걷기도 하고
꽃무릇 사이에서 누군가를 기다리기도,
지나온 생의 그림자 풍경되어 흐르는데
어느새 날은 어둑해져
자작나무 숲 어딘가에 흘리고 온
문장은 없는지

식은 찻잔에 글자 하나
띄워놓고.

# Touch

지하 출구를 잘못 나와 집으로 가는 노선을 익히느라
저물어가는 시간을 파먹고 있었다
누군가 광화문 연가라도 불렀으면 어느 지점에 머물렀을
텐데
배어든 공기가 낯설어 몸은 자꾸 작아져갔다
삼켜버린 시간들이 목을 타고 넘어오면서
알 수 없는 그리움에 삶의 안쪽이 흔들리고 있었다

온 길을 다시 돌아가는 버스 안은 따뜻했다
겨울나무가 지나가고 줄줄이 따라왔던 기억도 지나간다
어깨를 스치는 감촉에 힐끗 돌아본 자리
어디에서 만났을까,

무릎 위엔 서점에서 갓 나온 시집이
저를 봐 달라 콕콕 찌르는데
바람 같은 사랑에
얇아진 가슴만 어루만지고 있다.

# 12월

빈 가지에 쌓인 눈
말간 얼굴로 새벽을 맞는다

날 선 기억과 따뜻한 추억
바람에 씻겨
더러는 남고 흩어진다

뜨겁고 치열했던 시간
잿빛 구름 내려앉고
침묵 속에서
조율되지 않은 음이 삐걱거린다

숨어든 갈잎
체념한 듯,
고요하다.

# 눈 내린 아침

블라인드 걷자 흰 빛이 눈을 찌른다
문 앞엔 조간신문 꽂혀있을 테고
아무도 다녀가지 않은 길엔
어제의 사건들이 줄지어 아우성이다

꾹꾹 다져 쌓아온 신용
나도 모르게 움푹 패여
헛 삽질만 하고 있다

털려나간 비밀이 빈 둥지에서
알을 까는 동안
밤새 눈은 내렸고

겨우내 줄기만 뻗던
온실 속 화초
조용히 꽃망울 터트려.

# 화분 곁에서
### - 한 해를 보내며

어떤 것에 연연하거나
기다리거나 한 것은 없다
나의 생각이 머무는 곳에서
군데군데 떨어져나간 살점을 기우고
수군거리는 가을 숲을 서성이며
망연히 바라보는 일 밖에 한 것이 없다

어차피 봄은 멀어
한겨울 천천히 걷기로 한다
빠른 보폭으로 지나가는 한 해
맞추지 못해 안달하지 않는다
들썩거리며 얹혀갈 생각도 않는다

눈이 내리다 멎는다
다시 내릴 눈

새순 돋는 화분이 내 곁에 있다

무릎 모은 기도에 쏟아지는 빛

안녕은 짧게 끝내기로 한다.

# 동 지(冬至)

새벽녘 잠들어 깊은 겨울 맛보는데
위층 작은 욕실에서 들려오는 연장소리
눈 비비며 어둠 속에 앉았다

칠순이 훌쩍 넘은 위층 노인
가끔 이웃 할머니와 왕래하더니
축 늘어진 모습이 예전 같지 않다

훌훌 벗어던지는 여름이 좋았지
푸른 산도 보고 꽃도 보면서
허물어지는 나이 그리 슬프지 않았는데
홀로 지새우는 긴긴밤
딱히 할 일 없어
물 내리고, 두들기고.

# 발자국

쌓인 눈 위로 비가 내린다
아이들이 뛰놀던 놀이터에 발자국도 사라지고
엄마 손에 이끌려 발을 떼던 아가의 흔적도 사라졌다

간간이 남아있을 거라고
그래서 곰곰이 되짚을 때마다
방금 지나온 길 같아
까칠한 손길로 쓰다듬는데
풍경은 하나씩 허물어지고
물웅덩이만 생긴다

메울 수 없어 다시 들여다보는,
물 떨어지는 소리가 깊다.

# 폭설

오전에 낌새가 굵은 눈발이 되어
감기 처방전을 따라 약국에 들어선다

손자들 예방접종이 있는 오후
앞을 분간할 수 없다
그래도 가야 할 시간
멈추지 않는 이유를 생각하는 사이
모든 것이 뒤엉키고 말았다
폭설이다

아가들의 울음소리가
눈밭을 구른다.

# 탑

아이들이 블록 쌓기를 한다
한 층씩 높아지는 계단
힘없이 떨어지는 블록
항상 짧은 바람만 있는 건 아니었다
잠시 잊고 있었을 뿐

세워도 보고
눕혀도 보면서
하나씩 밟아가는
삶의 길.

# 따뜻한 기억만

쌍둥이 손주네 크리스마스트리
세상에 온 아가들에게 축복의 기쁨을 전하고 있다
반짝이는 전구가 별인 양
다섯 손가락을 폈다 오므렸다
솔가지에 달린 은빛방울 만지고 싶어
까치발로 끙끙 대며 떠날 줄 모른다

캐럴송에 맞춰 궁둥이 흔드는
작은 천사들
오늘을 기억이나 할까,

바라는 바
이 땅에 있는 모든 것에
고운 이름만 붙여 들려주고 싶다

나란히 누워
눈 내리는 창 밖 바라보며

썰매타고 오실 산타할아버지 기다리면서
따뜻한 기억만 심어주고 싶다.

# 부러진 뼈

오래된 주택이 헐린 자리
조각난 뼈들이 널브러져 있다
한때 단란을 꿈꾸며 지탱해온 몸
황량한 바람 앞에
허연 이만 드러내고 있다

생의 촉수 다시 불 붙여
잔가지 걷어내 터 닦고
주워든 연장으로
기둥 세워보지만,

아무 일 없는 듯
지나가는 사람들 속에
그 집의 아이 여전히 울고 있다

또, 칼바람인데…

# 마다가스카르 찻집에서

유난히 검은 눈동자를 가진
아이들의 얼굴이 아프리카 석양을 닮았다
세계를 누비며 담아온 사진 가운데
아이들을 사랑한
순수한 작가의 열정과
카푸치노 한잔에 녹아들었던 아름다운 찻집

겨울거리에서 곱은 손등으로
뽀얗게 닦아낸 맑음
내 안에 진실 하나 꿈틀거렸다

차다, 따뜻하다, 행복하다
우리의 지난날처럼…

# 눈은 그렇게 내리고

창 너머 눈이 내린다
어제는 죽음을 보았고
오늘은 환한 손님을 맞았다
더 이상 눈은 내리지 않았다
너무 밝아 슬픔을 잊을까
너무 젖어 행복을 잃을까
눈은 그렇게 내리다 사라졌다
내 짧은 글에도 내리고
늙은 나무에도 내리고
몇 잎 남은 가지만 울려 놓고.

# 겨울 노래

눈물이 날 만큼은 아니다
가슴이 미어질 만큼은 아니다
모든 걸 버리고 싶을 만큼은 아니다

찬 하늘에 햇살이 퍼질 때
저녁노을이 창가에 머무를 때
누군가의 인생이 쓸쓸해 보일 때
잔잔한 바람에도 흔들리는
가엾은 나무들을 바라볼 때
나는 슬프다

사르르 밤이 깊어가면
어두운 하늘에 등 밝히고
눈물도 아픔도 토해내리
아름다운 날에 불렀던 노래
샘물처럼 퍼 올려
울음 끝에 걸려도

나는 노래하리

외로움에 떠는 겨울이
한 밤중이다.

# 사물에 응전하는 시인의 감수성

## 이 동 백 (시인)

우리는, 사계가 뚜렷하게 나타나는 지정학적 지역에 산다. 때문에 우리는 열대나 한대에서 살아가는 사람들로서는 감히 상상하지 못하는 계절의 변화를 체험하며 삶을 영위하고 있다. 일 년을 단위로 봄, 여름, 가을, 겨울이 순환하는 과정에서 기후는 뚜렷한 변화를 겪게 된다. 그에 따라 사물이 보여주는 양상 또한 다양하고 복잡하다. 계절의 뚜렷한 변화와 사물의 다양성은 언어 발달의 양상과도 깊은 연관성을 지닌다. 일테면 우리말에 감각어가 발달한 것이 이를 뒷받침해 주는 증표이다. 이러한 현상은 언어의 마술사라 일컫는 시인에게 끼치는 영향은 절대적이다. 시인은 그 사물에 응전(應戰)하는 감수성이 예민하고 날카롭다. 따라서 사물에 대한 감수성이 어떤 언어로 표현되어 시의 의미를 구축하는지를 살피는 것은 흥미로운 일이다.

1

『참 우습지 커피 한 잔이 생각난다는 건』을 표제로 한 박현애 시인의 시집은 계절별로 나누어 4부로 편집하였다. 계절마다 개인적으로 체험하고 생각한 일들을 사물에 얹어 시로 형상화하고 있다. 계절에 따라 접하게 된 사물을 개성적인 눈으로 살펴서 자기 나름의 감수성으로 수용하고, 이를 시적 언어로 구체화하고 있는 것이다. 사물에 응전하는 박현애 시인의 감수성은 대체로 긍정적이고 그래서 따스하다. 그리고 사물에 대한 시인의 예민한 촉수(觸手)가 작동하는 경우는 음악을 들을 때, 커피를 마실 때, 생각을 할 때 등 다양하다.

닿지 않는 창 너머
핀 자리 거두느라 놓아버린
꽃가지 바라보다
끓던 찌개가 넘쳤다

내 나이쯤 아프기 시작했던
엄마의 손때 묻은 숟가락
냄비를 젓던 숟가락에서 꽃 냄새가 난다

                      -「꽃 냄새가 난다」 일부

찌개가 끓어 넘치는 것도 모르고 '꽃가지'를 바라본다. 왜

일까. 그건 '엄마의 손때 묻은 숟가락' 때문이다. '숟가락'은 '엄마'를 그리워하는 시적 화자의 마음이 투사된 객관적 상관물이다. 찌개가 끓는 냄비를 젓던 '엄마의 손때 묻은 숟가락'과 '꽃'이 결속함으로써 화자는 그 '숟가락'에서 '꽃 냄새'를 맡게 된다. 결국 '꽃가지→숟가락→꽃 냄새'로 이어지도록 작동한 것은 화자(혹은 시인)가 '창 너머'를 바라본 것이 계기가 되었기 때문이다. 시상을 이러한 형태로 이끌어 간 박현애 시인의 의도는 '엄마'에 대한 그리움을 감각적인 언어로 그려내려는 데 있다.

「음악을 듣는 동안」에서 화자는 '바흐의 아리아가 바람결에 찾아와/ 젖은 손 털고 앉'는다. 바흐의 음악을 감상함으로써 '꿈같은 풍경'을 상상하게 되는데, 그 연주가 끝나자 다시 늙은 일상으로 돌아오고 마는 허망함에 빠져든다. 그리고 「그저 바라보았을 뿐인데」에서는 '슬쩍 생각을 올려놓고/ 지나온 길을 되짚어 보는' 시인의 촉수가 작동함으로써 '다스리지 못한 미열'이 일어나고, '이순의 봄'을 맞이한 자신의 늙음이 거울을 통하여 확인된다. 이 두 편은 시인 자신의 늙음을 확인하는 내용을 담고 있다. 이것이 아이러니하게도 봄에 이루어지고 있다.


간밤 내린 눈에 온 세상 하얗더니
갤러리에 눈꽃나무

침묵만으로도 아름다워

찻잔에 드리운 노란 빛

문득, 꽃잎차를 만들던 산골청년이 생각나

그의 손을 빌려 태어난 차 맛은 아닐까

새처럼 구름처럼 풍경같이 산다고 했지

　　　　〈중략〉

지나온 생의 그림자 풍경되어 흐르는데

어느새 날은 어둑해져

자작나무 숲 어딘가에 흘리고 온

문장은 없는지

　　　　　　　　　　　－「갤러리 카페에서」 일부


　앞에 열거한 시들의 배경이 봄이라면 이 시는 겨울을 배경
으로 삼고 있다. '찻잔에 드리운 노란 빛'이 아름다워 '풍경
같이 산다'는 '산골청년'이 생각나 '지나온 생'의 '풍경'을
반추하는 내용의 시이다. 그러는 사이 날이 저물어 '자작나
무 숲'을 지나 귀가하는 중에 시인은 한 편의 시를 구상하고
있다. 이 시를 쓰도록 시인을 부추긴 것은 '찻잔에 드리운
노란 빛'이다. 즉 차를 마시는 과정에서 시상이 촉발된 것이
다.

　이렇듯 시인은 구체적인 사물을 빌려 그리움을 환기시키
기도 하고, 늙음을 자각하기도 하고, 시상을 얻기도 한다.

2

물상(사물)은 계절의 바뀜에 따라 그 모습을 바꾸어 나간
다. 물상의 모습은 이처럼 자연의 이치를 따를 뿐, 의식을 가
지고 주체적으로 움직이지 않는다. 사물은 거기에 있음으로
그냥 존재한다. 이에 반하여 인간은 자기 자신을 객관화하여
반성하고 성찰할 뿐만 아니라, 대상(사물, 물상)까지도 주체
적으로 수용하여 그것에 개성적으로 반응한다. 인간은 자유
의지로 존재한다. 따라서 인간은 대자적(對自的) 존재가 된
다.

앞에서도 언급했듯이 이 시집을 4부로 나누어 엮은 것은
계절의 추이에 따랐기 때문이다. 대자적 존재로서 박현애 시
인은 어떠한 언어적 감수성으로 봄, 여름, 가을, 겨울, 각 계
절에 따라 마주친 물상(物像)들에 응전할까?


저것 좀 봐!
살 속 깊이 박힌 연분홍빛을


빗나간 예보에 투덜거리다
여린 바람 앞세워 빗장 열었더니
지천으로 꽃물 든다


생각해보면 예정된 일에

조바심 내며 기다린 건 아닌지,

때 이르다고 늦다고

황급히 접었다 폈다

주름만 느는데


뒤쫓는 이 없는 봄은

벙그레 느긋하다

한 올씩 늘어가는 흰 머리는

아랑곳없이.

-「봄을 읽다」 전문

　계절이 봄으로 바뀌면서 천지엔 '연분홍빛' '꽃물'이 들었
다. 자연 이치에 따라서 이루지는 일이라서 봄은 스스로 서
두를 까닭이 없다. 오로지 '봄은/ 벙그레 느긋하'게 젊음을
회복한다. 이에 비해 자연에 응전하는 시적 화자의 행위는
자못 성급하다. 그 결과로 시적 화자가 받아 안은 것은 '주
름'이다. 주름은 늙음을 은유한 감각적 언어이다. 자연의
'느긋함'과 인간의 '조바심'을 병치시킴으로써 이 시는 팽팽
한 긴장감을 확보하는 동시에, 시적 화자로 하여금 봄을 아
이러니컬하게 수용케 하고 있다. 봄을 수용하는 양상이 이
시와 비슷한 시가 몇 편 있다. '시간의 발목'을 잡고 꽃을 피
워낸 고목에다 늙어 가는 자신을 투사시킨 「걸으며 생각하

며」, '블루베일의 시간'에 쫓기는 '노인' 앞에서 경건한 자
세를 취하는 「베일 속의 봄」, 환승을 놓치고 난 후, '떠도는
바람'을 위안 삼아 인생의 환승역에 서성거리는 자신을 응시
하는 「환승역에서」 등이 젊은 봄을 내세워 늙은 인간을 노래
한 시편들이다.


　더 이상 펼쳐질 것 같지 않은 낮은 풍경
　빗소리의 음계는 땅에 떨어지는 순간
　파장을 일으키며 부서진다
　물 위를 지나는 바람도
　제 몸 붙잡지 못하고
　어느 순간 튕겨 나와 고음으로 갈라진다


　잠긴 마음은 뜨거운 커피 잔을 휘젓고
　흩어져 있는 것들을 모은다
　습기 찬 하늘, 풀어진 잎들
　서로에게 가까이 다가가는 시간
　젖으며 젖으며 다가가는 시간
　한 모금의 커피도 남지 않았다
　　　　　　　　　　 －「비 오는 날 커피를 마시며」 전문


우기의 여름날이다. '빗소리'는 '파장을 일으키며 부서'지

고, 바람은 '고음으로 갈라진다.' 세찬 비바람이 몰아치는 상황을 감각적 언어로 그려내고 있는데, 이것은 시의 배경을 이루는 동시에 시적 화자의 감수성을 촉발시키는 주체가 된다. 빗소리와 바람은 부서지고 갈라지는데, 마음은 다가서서 모인다. 따라서 시적 화자는 '빗소리, 바람'과는 대척점에 자리한다. 다분히 변증법적 전개 양상을 보인다. 그러나 둘 사이는 갈등의 관계가 아니고, 전자는 후자의 행위를 유도하는 동인(動因)의 구실을 담당하고 있다. 이 시는 결국 바람결에 날리는 여름비를 바라보며 마음을 다스리는 모습을 차분하게 그려내고 있다.

  환희의 절정이 끝나면
  가장 낮은 곳으로 내려와
  변방보다 못한 거리로 밀려나올
  계절의 허무
  그러나 앞장서는 이 없으니
  먼저 옷을 입은들 섭섭할 것도 없다
  이미 빨라진 속도를 제어할 수 없어
  이별을 미룰 수도 없다

  향기는 바닥으로 내려오고
  그림자는 지붕을 덮고 있다.

길 밖의 웃음은 저토록 찬연한데.

-「계절의 허무」 일부

가을이 주는 이미지는 하강 이미지이다. 하강 이미지는 소
멸과 죽음을 상징한다. 여기에서 허무가 생겨나고 고독의 싹
이 튼다.「계절의 허무」에서 박현애 시인은 가을의 허무를
고스란히 읽어내고 있다. '온 생을 다 덮고도 남을 무수한
잎'이 '환희의 절정'에서 '낮은 곳으로 내려와'야 하는 것은
숙명이다. 잎들이 이러하듯이 인간 역시 이순을 넘긴 나이에
이르면 '이별'을 숙명적으로 수용해야 한다. 이 지점에서 인
간 역시 잎들이 받아 안은 허무에 빠져들게 된다. '이미 빨라
진 속도를 제어할 수 없어/ 이별을 미룰 수도 없다'고 순명
(順命)의 자세를 취한다. 여기에 '길' 밖에서 들려오는 찬연
한 '웃음'이 더해짐에 따라 시적 화자가 감당해야 할 허무
의식은 더 깊어진다. 시인은 이토록 가을을 깊이 타는 감성
의 소유자이다.

몇 시간 전 나는 살점을 떼어내고 봉합했다
순간 검은 천이 얼굴을 덮자
이것이 죽음이지
가을나무 아래 추억도
풀벌레 우는 밤도 멀어진 영상일 뿐

사무치게 그리운 건 커피 한 잔

참 우습지

겨우 한 모금의 차란 말인가

잠시 왔다 사라진 실루엣

던지고 간 메시지

햇빛 너머에서 날고 있다.

　　　　　　　－「참 우습지 커피 한 잔이 생각난다는 건」 전문

　이 시 역시 가을의 이미지를 담고 있다. 그러나 그 이미지의 무늬는 앞의 시와는 확연히 다르다. '죽음'과 맞닥뜨린 수술을 마친 시적 화자가 '사무치게 그리운 건' '커피 한 잔'이었던 것이다. '빨라진 속도를 제어할 수 없어 이별을 미룰 수도 없'다고 고백하던 마음은 어찌하고 절체절명의 순간에 '커피 한 잔'을 그리워한 것인가. 그러니 '참 우습지' 않을 수 없는 노릇이다. 어처구니없는 자기에 대한 자조인 셈이다. '허무'와 '자조'의 차이는 어디에서 비롯된 것일까. '허무'를 느끼도록 이끈 가을은 시인의 관념 속에 존재하고, 자조토록 한 가을은 시인의 실제적 삶 속에 존재한다. 같은 아픔이라도 관념에서 앓는 강도(強度)와 실제로 앓는 강도는 다를 것이다. 강도의 심도로 따지면 후자가 훨씬 강한 것이 일반적이다. 그런데 위의 두 작품은 그 위치가 바뀌었다. 이는 비일상적인 사건이고, 그래서 역설적이다. 이것은 창작의

한 전략에서 나왔을 것이다. 이러한 전략에서 시의 묘미는
살아나고, 이런 전략을 통하여 시인은 자신의 미묘한 감성을
은밀하게 표출한다.

어떤 것에 연연하거나
기다리거나 한 것은 없다
나의 생각이 머무는 곳에서
군데군데 떨어져나간 살점을 기우고
수군거리는 가을 숲을 서성이며
망연히 바라보는 일 밖에 한 것이 없다

어차피 봄은 멀어
한겨울 천천히 걷기로 한다
빠른 보폭으로 지나가는 한 해
맞추지 못해 안달하지 않는다
들썩거리며 얹혀갈 생각도 않는다

눈이 내리다 멎는다
다시 내릴 눈

새순 돋는 화분이 내 곁에 있다
무릎 모은 기도에 쏟아지는 빛

안녕은 짧게 끝내기로 한다.

－「화분 곁에서 - 한 해를 보내며」 전문


이 시는 「그저 바라보았을 뿐인데」와 같이 봄을 배경으로
삼아 노래한 일련의 시편들과 비슷한 시상과 주제를 드러내
고 있다. 첫째 연에서는 시적 화자 자신에 대한 성찰적 반성
을 그 내용으로 하고 있다. 첫째 연의 내용을 이어받은 둘째
연에 와서 시적 화자는 '천천히 걷고', '안달하지 않고' 시류
에 편승해서 '얹혀 가지 않겠다' 는 의지를 밝히고 있다. 마
지막 연에서는 마음을 추스르며 '새순 돋는 화분' 곁에서
'기도' 하는 시간을 갖는다. 성찰적 반성에서 나온 기도는 박
현애 시인의 삶의 진정성을 대변해 준다.

계절을 노래한 시 몇 편을 살펴 보았거나와, 박현애 시인
은 이 시편들을 통하여 보편적 정서를 담아내면서 아울러 사
물에 응전하는 시인의 개성적인 감수성을 감성적인 언어로
형상화하고 있다.


3

박현애 시인은 가족을 다룬 시편 몇을 남기고 있다. 이 가
운데 눈길을 끈 것은 아버지를 노래한 「아버지의 시계」와 며
느리를 노래한 「꽃2」이다.

죽은 후에도 온화한 모습으로

가만히 찾아와 잠 속에 끼어든다

보여주지 않으려 애쓰던 뒷모습

남대문 시계방 골목 어딘가에

태엽 풀린 시간들이 석양을 향해 누워 있을 게다

낯선 정거장을 몇 번이나 지나

먼 곳을 갔을까

그 후에도 문득 생각나

목련이 눈뜨는 계절이 오면

환한 웃음으로 반겨주시던 사진 속의

아버지를 만나러 간다

내 몸에 어리는 햇살의 증표

봄눈처럼 살포시 와서

어깨만 적시고 가버린 시간

오래된 사진첩 속에서

째깍째깍 돌아가고 있다.

-「아버지의 시계」 전문


　지나간 시간은 기억 속에서 복원되고 추억 속에 갈무리된다. 시간은 원래 불가역적인 것이지만, 기억이나 추억을 들쳐 내면 현재의 시각으로 복원시킬 수 있다. 이런 예에 해당하는 작품이 「아버지의 시계」인데, 아버지와 함께 했던 시간들이 기억을 매체로 하여 복원된 상황을 연출하고 있다. 복원된 시간들은 흘러가기도 하고 멈추어 있기도 한다. 아버지의 과거가 남대문 시계 골목에서 화석화된 시간 속에 머물러 있으리란 믿음 때문에 '목련이 눈뜨는 계절'에 '환한 웃음'으로 반겨주는 아버지를 만나러 간다. 그 만남은 아쉽게도, 아니 어찌해 볼 수 없는 사진 속에서이다. 비록 사진 속에서의 만남일망정 그 만남이 실현됨으로써 시간은 화석에서 풀려나 흘러가게 된다. 화자에게 있어서 아버지의 존재는 이러하다. 이처럼 아버지의 시간을 기억 속에 복원시킨 것은 오롯이 아버지에 대한 그리움 때문일 터이다.

'어머니 저 왔어요'
미소를 띠며 들어서는 새아가
어느 날 살며시 빗장 열더니
문지방 안으로 들어와
갖가지 꽃을 피우더라
짧은 시간에 서로를 알면 얼마나 알랴
그러나 늙은 눈에 비친 너는 참 예쁘구나
　　(중략)
네가 나에게 스며들 듯이
나도 너에게 스며들어

같은 꽃술에서 꽃 피우고 싶구나

- 「꽃2」의 일부

「아버지의 시계」의 시간이 복원된 시간이라면, 「꽃2」의 시간은 현재적 시간이다. 복원된 시간이 그리움으로 표상된 것이라면, 현재적 시간은 사랑으로 표상된 것이다. 그 사랑은 '새아가'가 '빗장'을 열고 가족의 일원이 되어 화목의 '꽃'을 피움으로써 얻어진 것이다. 이 사랑은 내리사랑이 아니라 치사랑이다. 따라서 무엇보다 소중하고 값진 사랑이 된다. 이 사랑은 마침내 가족을 운명 공동체로 결속시키는 힘으로 작동하는 것이다.

박현애 시인은 스스로 사물에 대한 느낌을 아름다운 언어로 그려내고 싶어서 시의 길을 걷노라고 고백하고 있다. 갈등을 반복하면서도 이러한 열망 때문에 시를 놓을 수 없었던 만큼 그의 시에 대한 열정은 치열하다. 이순의 나이에도 불구하고 풋풋한 감수성으로 사물 속에 내재된 의미를 찾아내어 감성적인 언어로 읽어내고 있다. 언어에 아름다운 생명력을 부여하는 작업에 쏟는 박현애 시인의 열정이 참 아름답다.

**박현애 시집**

## 참 우습지 커피 한 잔이 생각난다는 건

2016년 4월 15일 **인쇄**
2016년 4월 23일 **발행**

**지은이** 박 현 애
**메 일** pheae3789@hanmail.net

**펴낸이** 권영금
**펴낸곳** 도서출판 아람문학
**등 록** 516-2011-2호
**주 소** 경북 청송군 청송읍 두들길 8
**전 화** (054) 874-1177
**팩 스** (054) 874-7557
**메 일** yg2100@hanmail.net
　　　　 http://cafe.daumnet/kwonsh57

값 10,000원
ISBN 978-89-967485-7-1